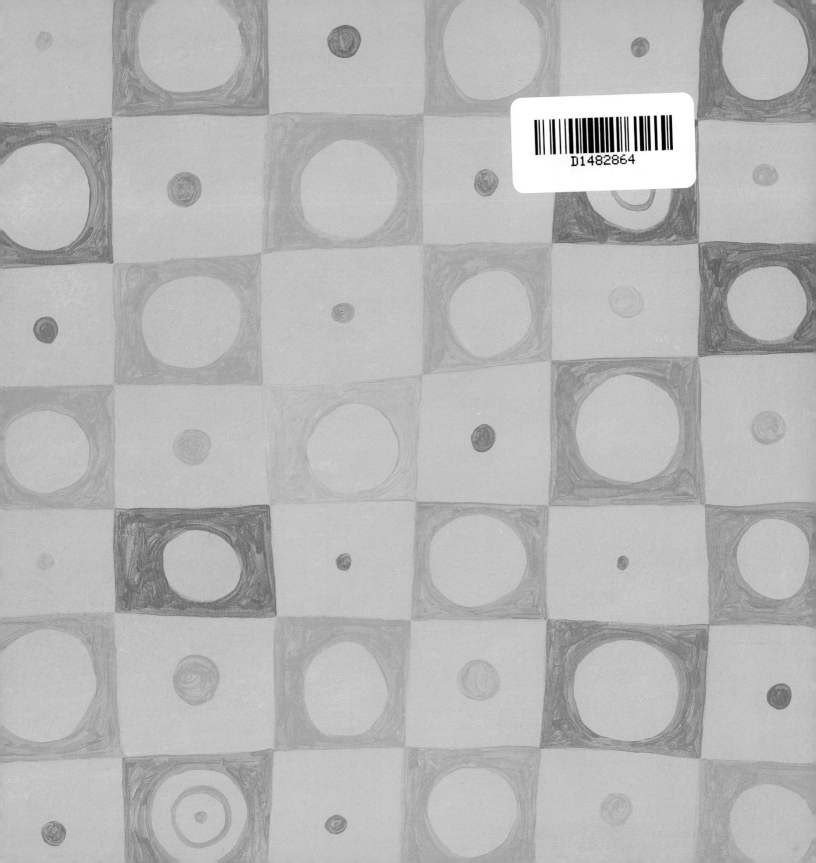

La fée des orteils

À Carole L., notre fée des dents,
en souvenir de ses gentils maringouins
C. T.

À ma petite famille, charmante, gourmande et parfois
délinquante... sans oublier mes trois chats !
C. M.

Catalogage avant publication
de Bibliothèque et Archives Canada

Tremblay, Carole, 1959-
La fée des orteils
Pour enfants.

ISBN-13: 978-2-89512-526-6 (rel.)
ISBN-13: 978-2-89512-527-3 (br.)
ISBN-10: 2-89512-526-0 (rel.)
ISBN-10: 2-89512-527-9 (br.)

I. Malépart, Céline. II. Titre.

PS8589.R394F43 2006   jC843'.54   C2006-940309-0
PS9589.R394F43 2006

Directrice de collection: Lucie Papineau
Direction artistique et graphisme: Primeau & Barey

Dépôt légal: 3ᵉ trimestre 2006
Bibliothèque et Archives nationales du Québec
Bibliothèque nationale du Canada

Dominique et compagnie
300, rue Arran, Saint-Lambert (Québec)
Canada J4R 1K5
Téléphone: (514) 875-0327
Télécopieur: (450) 672-5448
Courriel: dominiqueetcie@editionsheritage.com

www.dominiqueetcompagnie.com

Imprimé en Chine
10 9 8 7 6 5 4 3 2 1

Nous remercions le Conseil des Arts du Canada de l'aide accordée
à notre programme de publication.

Nous reconnaissons l'aide financière du gouvernement du Canada
par l'entremise du Programme d'aide au développement de l'industrie
de l'édition (PADIÉ) pour nos activités d'édition.

Nous reconnaissons l'aide financière du gouvernement du Québec
par l'entremise du Programme de crédit d'impôt pour l'édition
de livres – SODEC – et du Programme d'aide aux entreprises du livre
et de l'édition spécialisée.

La fée des orteils

Texte : Carole Tremblay
Illustrations : Céline Malépart

Dominique et compagnie

Aujourd'hui, Crominic, le petit chagrion, est très fier. Son premier orteil a commencé à branler. À l'école, il a de la difficulté à se concentrer, tant il est excité. Bientôt, son orteil va tomber. Il va pouvoir le glisser sous son orteiller et la fée des orteils lui apportera un cadeau.

Chut!

Au souper, Crominic ne peut
s'empêcher d'annoncer la nouvelle à toute la famille :
— Mamouth, Papouth ! Vous savez quoi ?
— Tu as encore mangé un de tes camarades de classe ?
— Non ! J'ai un orteil qui branle !
— Oh ! Bravo, mon petit chou ! s'écrie sa maman.
— Tu veux dire bravo, mon grand chou ! s'exclame son
papa, en lui ébouriffant le poil du coude.

Dévorah, elle, ne dit rien. Mais elle a un étrange
sourire aux lèvres.

Avant de s'endormir, Crominic joue avec son orteil. Plus vite il le fera tomber, plus vite il aura le cadeau de la fée des orteils. Il le secoue, le tortille, le frotte et le mordille. Il saute même de son lit, dans l'espoir de le perdre à l'atterrissage. À son troisième essai, sa maman arrive en furie :

— C'est pas bientôt fini, ce tapage ? Tu vas encore nous trouer le plancher avec tes bêtises !

Crominic se recouche, penaud. Dans son lit, Dévorah sourit toujours.

Au cœur de la nuit, alors que Crominic ronfle comme un moteur de tondeuse, Dévorah se lève. Elle s'approche du lit de son frère en rampant. Elle soulève les couvertures et, d'un coup de karaté hongrois, elle fait tomber le fameux doigt de pied.

Crominic dort comme une bûche, c'est connu. Il ne se rend compte de rien. De rien du tout. Il ne voit pas Dévorah retourner dans son lit à quatre pattes. Il ne la voit pas regarder l'orteil d'un air satisfait. Il ne la voit pas non plus mettre l'orteil de son frère sous son propre orteiller.
– Ah ! ah ! À moi le cadeau, ricane Dévorah.

Quand il se réveille, Crominic a tout de suite une pensée pour son doigt de pied. Il s'empresse de jeter ses couvertures par terre. C'est alors qu'il constate avec effroi et stupéfaction qu'il a perdu son orteil.
– Ciel, diantre et caramba ! beugle le petit chagrion. Où est mon orteil ?

Crominic fouille le lit, la chambre, la maison. Il scrute même le plat du filou et la niche du pilou. Rien. Son orteil a disparu. Envolé ! Volatilisé ! Crominic est tellement en colère qu'il croque une porte d'armoire.

– Ce n'est pas possible, lui répète sa maman pour le calmer. On va sûrement le retrouver.

Assise à table, Dévorah mange ses escargots en silence. Au poignet, elle a un nouveau monstre à dire l'heure. La bestiole sort la tête et annonce qu'il est huit heures trois.

– Qu'est-ce que c'est que ce truc ? demande Papouth, surpris.
– C'est un cadeau que mon amie Rumina m'a offert, ment Dévorah.
– Je suis sûr que c'est la fée des orteils qui te l'a donné en échange de l'orteil que tu m'as volé ! hurle Crominic.

Il essaye d'arracher le monstre du poignet de sa sœur, mais son papa intervient.

– Arrête, Crominic ! Tu n'as pas de preuves. Tu ne peux pas accuser Dévorah comme ça. Aujourd'hui, c'est jour de ménage. Je vais passer l'avaleuse et je vais sûrement retrouver ton orteil.

Évidemment, le soir venu, Papouth n'a rien trouvé du tout.
Crominic est bien décidé à ne pas laisser sa sœur le rouler aussi
facilement. Il écrit une lettre à la fée des orteils.

Chère fée des orteils,

Mon horrible sœur Dévorah m'a volé mon orteil hier et l'a mis sous son orteiller pour que vous lui donniez un cadeau. Je trouve que c'est vraiment méchant de sa part. Est-ce que vous pouvez faire quelque chose pour rétablir la justice en ce pays ? Et pendant que vous y êtes, seriez-vous assez gentille de la punir cruellement ?

Crominic
le pauvre gentil frère de la très méchante sœur

P.S. : Je vous ai fait une reproduction de mon orteil en patate à modeler pour que vous puissiez le reconnaître.

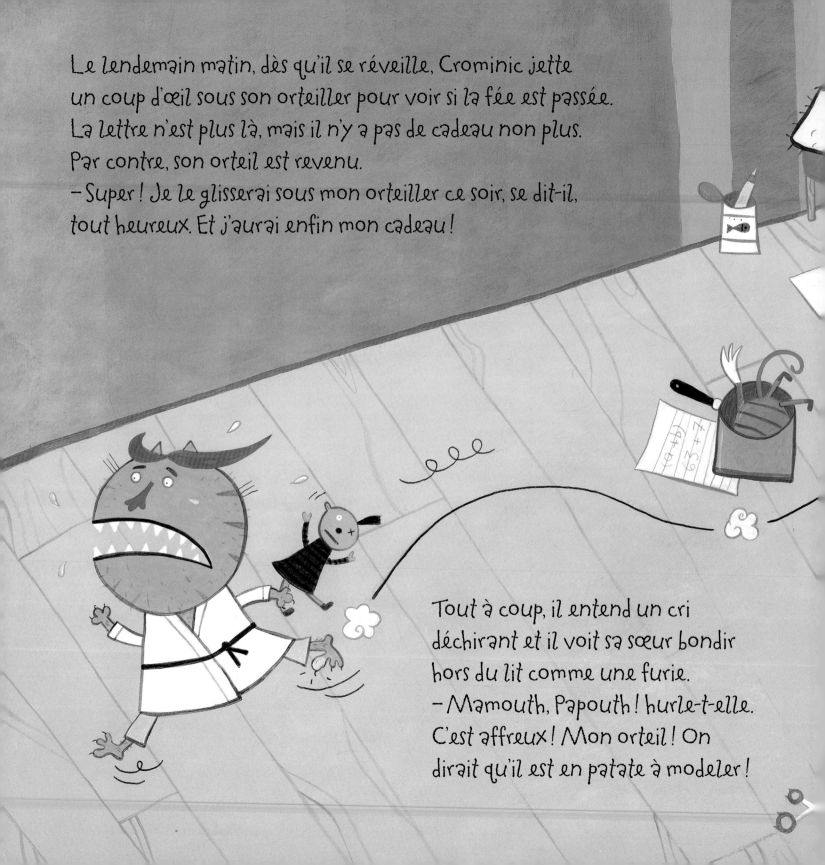

Le lendemain matin, dès qu'il se réveille, Crominic jette
un coup d'œil sous son orteiller pour voir si la fée est passée.
La lettre n'est plus là, mais il n'y a pas de cadeau non plus.
Par contre, son orteil est revenu.
– Super ! Je le glisserai sous mon orteiller ce soir, se dit-il,
tout heureux. Et j'aurai enfin mon cadeau !

Tout à coup, il entend un cri
déchirant et il voit sa sœur bondir
hors du lit comme une furie.
– Mamouth, Papouth ! hurle-t-elle.
C'est affreux ! Mon orteil ! On
dirait qu'il est en patate à modeler !

Et c'est vrai. Le troisième orteil de Dévorah est maintenant en patate à modeler. Maman est bouche bée et papa n'en revient pas. Ils contemplent le pied de leur fille sans savoir quoi dire.
— Je vais prendre rendez-vous chez l'orteilliste, finit par annoncer la maman en se précipitant vers le téléphone.

Crominic se penche sur le pied de sa sœur pour mieux l'observer. C'est bien ce qu'il pensait. Il s'agit de l'orteil qu'il a lui-même façonné la veille. Mais le petit chagrion ne dit rien. Il est trop content que sa sœur soit punie.

Aussitôt que les parents sont sortis, Dévorah se met à crier :
— Je suis sûre que c'est ta faute, espèce de face de balai !
Tu as comploté avec la fée des orteils.

Et toc ! Elle le saupoudre de poil à gratter.
— Tu n'avais qu'à pas commencer, vieille tête de vadrouille !
rétorque Crominic en lâchant des puces sauvages dans la
tignasse de sa sœur.

C'en est trop ! Bing ! Clang ! Boum ! La bataille est engagée
entre les deux chagrions. Pim ! Vlam ! Toc ! Dévorah s'empare
de l'orteil que Crominic avait caché dans sa poche. Zim !
Bam ! Pouf ! Crominic essaie de le lui enlever.

Et crac ! L'orteil de Crominic gît au sol, cassé en deux.

La fée des orteils arrive aussitôt. Elle ramasse les bouts d'orteil, regarde les deux chagrions d'un air mauvais et dit :

– Vous êtes les deux pires monstres que j'aie rencontrés. Je ne vous donnerai plus jamais de cadeau.

Puis elle s'envole. Crominic et Dévorah se regardent, désemparés.

– C'est ta faute ! gronde Crominic.

– Non, c'est la tienne, grogne sa sœur. Mais ce n'est pas grave parce que j'ai un plan. Viens, je vais t'expliquer.

Le soir venu, tandis que Dévorah termine les derniers préparatifs, Crominic glisse une lettre sous son orteiller.

Chère fée des orteils,

Dévorah et moi, on a fait la paix. On vous rend votre monstre à dire l'heure. S'il vous plaît, redonnez-nous l'orteil de Dévorah. On vous en supplie. Laissez tomber pour le cadeau. On sait qu'on n'en mérite pas. On promet d'être sages pour toujours et de ne plus jamais nous disputer.

Crominic

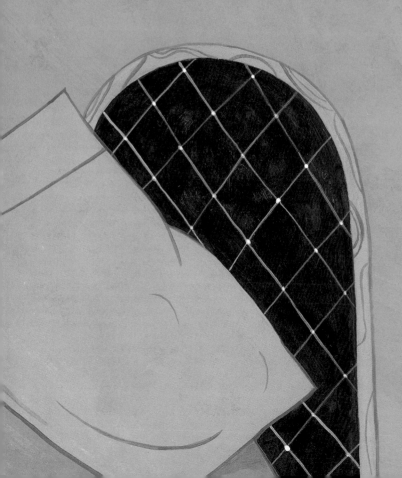

Pendant la nuit... Bing ! Bang ! Un bruit
terrible réveille les deux chagrions.
Le plan a réussi. La fée des orteils est
tombée dans leur piège.
– Finalement, on va prendre chacun
plusieurs cadeaux, lui annonce Dévorah.
– Sinon, on vous croque et on ne vous
laisse que les os, ajoute Crominic.

La fée balbutie :
– Mais vous aviez promis...

Crominic et Dévorah sourient de tous
leurs crocs.
– Eh, la fée ! Qu'est-ce que tu croyais ?

On est des chagrions, pas des petits
anges tout de même.

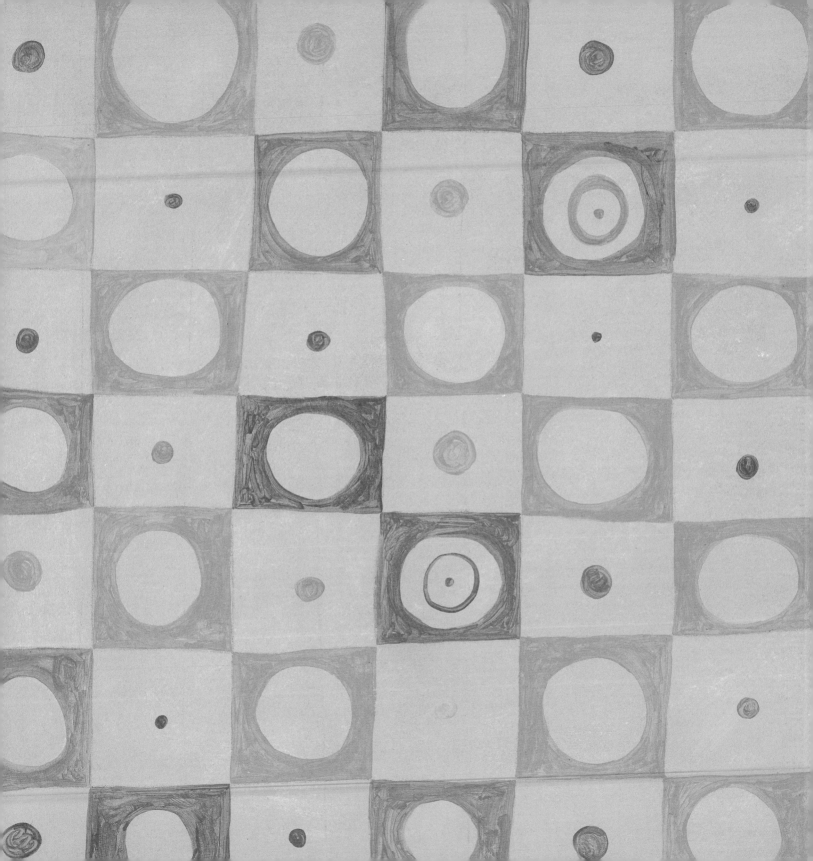